箱の中の森

目次

箱の中の森

その前に　たとえば　こんな

箱のことなど忘れてしまったのに
ある日開けてみると　森が入っていた
鳥の鳴き声まで聞こえる　明け方の濡れた森が
四方を壁に囲まれた　上出来の森が
その森にじょうろで水をかければ

箱の中の森　鳥も運んでゆけるぐらいの
箱には丈夫な　赤い太巻きのリボン
森が血を流して死にかけていると　村人たち
小さな震え声で　なぜ逃げたのか
どうして捕まったのか　話す　箱の中の森

とても乾いた　燃えやすい季節
山向こうから　ボートを運び
せめて海のまねを　河のつもりを
雨音を口ずさみ　溺れてみせて
バケツをぶらさげ　橋を渡る仕事

物知りで口うるさい　賢者が
昨日からずっと　喋らずにいる理由
書き取り係の秘書が　使う安インクは
もう腐って青だか黒だか　夜だか闇だか
それでも記録は　続けられた

焦げ臭い靴を置き去り　この場所から
裸足のままで　歩き続ける
もう逃げられないと　サーチライト
両手をあげて目を閉じ　ほらもう森は箱の中さ

仕事

浅瀬の川のごみを拾いながら
歩き続ける仕事をもらうために
窓口に並んでいると突然
スピーカーから名前を呼ばれ
並ばされて注意を聞かされ
さあ出発しましょう
トラックに乗って今から川まで

灰色の上下の制服と黒いゴム長とゴム手袋
「毎日の」昼食付き、時給二千円
簡単な仕事のはずだったが
川が実は円を描いて
流れていることを知らされて

ああそれでは最後に海にたどりつけない
とたんに長靴がしみてきて
足がじっとり濡れてくる
ひとりで請け負ったはずの仕事
振り向けばほらぞろぞろと
拾うべきゴミよりも多い男たちが
背中を丸めて歩いて来る

土手に咲く花はつむべきか
悩んでいるうちに花は枯れ
次にあの白い花が咲いていたら
その場所で歩くのをやめて次の仕事を
今度は止まったまま二度と動かない仕事を
くりかえしにいつまでも
気がつかずにいられる仕事を

消える前に

ひとりふたり　指折り数えてすぐに気がつく
もう片手しか残っていない
だからこの場所に残された
ここはバス停のような場所
埃まみれになったと思ったら　ずぶ濡れになる場所
誰も知らないはずなのに　誰もが通り過ぎる場所
雨上がりの水たまりさえ　足元から逃げてゆく
月が右に左に揺れている

古タイヤでサンダルを作り　それを糧に暮らす子供が
僕を物欲しげに眺めている
僕は残った片手を　左手だか右手だか
分からないそれを　振り回して子供を追い払う

たちまち蠅が集まってきて
僕の顔色を変える
ところで僕が着ているのは
一体何色のシャツだろう

ひとりふたりで　ごにんまで
日照りで一人　不思議と太り　残忍な三人
呼んでも夜で　ご立派なゴロツキ
それより多い数を　今でも知らない
だからもう片手しか　残らなかった

震え声

隣りにいるのは　馬
さんざん鞭打たれて　荒い息をしている
汗びっしょりの　馬と一緒に歩き　山を越える
馬の甘く熱い息が漂い　それを吸い込む
くらもあぶみもくつわもない裸の馬
もう出発の時間　濃い霧が引いてゆくと
林の中につながる　一本道が見えてきた
馬の呼吸は　まだ荒い

私と馬は　線路の上を歩いている
馬は裸のまま　私のあとをついてくる
あれほど鞭打たれ　殴られたのに
シャム猫よりも軽々と　しなやかに歩く
汽車がやってくる様子はない　穏やかな春の日

もうすぐ雨かもしれない　汗ばむほどの暖かな日
馬はたまに立ち止まり　線路際の野花を食べて
体を少し震わせて　また歩く

隣りにいるのは馬　向こう側の青はきっと海
湖ではなく海　飲めるわけもない潮水
私たちは海岸で　あるはずもない井戸を探している
雨はもうちょっとのところで　降らないままたたずんでいる
どっちにしろコップのひとつも　持たないでいるから
雨が降っても渇きは　うまくいやせはしないだろう

この砂浜で　馬と別れる
馬は振り向きもせずに　上機嫌に歩いてゆく
私は立ち止まり　馬をただただ見送る
前を歩いて　遠くに去ってゆくのは
これからさんざん　鞭打たれるはずの

背中の痛み

その痛みに気がついたのは
エスカレタで声をかけられた時
それはずいぶんひどい痛みにみえますね
私だったらとっくにふせっていますよ
振り向けば　赤鉛筆の書き込みで汚れた
去年の3月のカレンダが　ひらりと一段下に落ちている
ああそう　その紙切れを見下ろして僕は言う
ああそうですか　そんなにひどい痛みですか
はいそうですね　そんな痛みはしばらく見たことがない
昔むかし　この国がまだ囲まれていた頃には
そのたぐいの痛みが　まだあちこちにありましたけどね
3月のカレンダの写真は　どこかの山間の村の広場
何頭もの馬が放牧されていて
黒い犬が　馬たちの足元で踊っていて

向こう側には細長い棒を持った　汚い髭面の男たち
僕は思わず　顔を撫でまわした
やはりずいぶん長く　髭が生えている
ざっと一週間は　優に剃っていないだろう
そうなんですよ　僕は照れ笑いをしてみる
いやつい昨日まで　閉じ込められていましてね
冷たいコンクリトの床に　毛布一枚で寝転がっていましたからね
今度はちょっと長かったな　さすがに私もまいりました
まあでもそれが　私の仕事ですからね
長い長いエスカレタは　もうすぐ次の階にたどりつく
僕は痛む背中をかばいながら　足を前に出し
動かない平らな床を踏みしめる
去年の3月のカレンダは　またもや生温い風に吹かれ
ふんわりと階下のほうへ
数えきれないほどの旅が　床の上でほこりまみれに

幽霊と靴

石の床をシュロのほうきで
手際よく掃く男が廊下にいて
その音をさっきから心地よく聞いている
それを聞くためだけに
部屋のドアを朝は開けておくことにした

幽霊の部隊が行進しているが
足が無いから動けずに
いつまでもどこにも行けずにいて
それでもどいつも微笑んでいる
もうすぐ家に帰れるから
もうすぐ体に色が戻るから
もうすぐ、もうすぐ、と思う幽霊の部隊は
今では途方もなく増えてしまい

裏山をすっかりおおうほどだ
その足音がこの部屋まで　響いて聞こえる気がして
もう一度よく眠れてしまう

仕事は終わり　掃除夫は
マネージャーにコインを三枚もらい
森の奥へと帰ってゆく
痩せた掃除夫の右足が石の床を歩いて消えてゆく
その足音が終わりかけの雨音に似て聞こえると
マネージャーはいつもながら思い
掃除夫からごまかしたコインの
残りの二枚をポケットにそっとしまう
その二枚のコインがあれば
掃除夫は上等な靴が買える
木製の左足にもぴったり合うような
特注の靴が買える

月

あの憎らしい月がとうとう終わるよ
月が終わるんだよ　嬉しいじゃないか

月が終わったら　河も止まるよ
河が止まったら　空は染まるよ
空が染まったら　土が煮えるよ
土が煮えたら　皿は割れるよ
皿が割れたら　夜が溶けるよ
夜が溶けたら　朝がおどろいて
ひっかぶる毛布を探して　あちこち見回して
朝の野郎はとうとう　気がつくのさ
そうだそうだ　月が終わったんだ
これからはずっと　俺しかいないんだって

そうだよ、 そうだよね
孫娘は老婆をあやしながら
その豊かな乳房をぎゅっと老婆の顔に押し付けて
ツルツルの小さな鼻と口をふさぐ
河が流れ
空は澄み
土は冷たく
皿は洗われ
夜が広がり
朝が来るまで
老婆は予言どおりに
月を終わりにした

どこか遠くへ

降らない雨があるだろうか
濡れた地面はいつものように
昼までにはまたからからになるのだろう
空を見上げて首を振り
もう二度とここには来ないと言っていた
給油係の男の顔を
ウェイトレスは思い浮かべている
コーヒーは冷めてゆき
アップルパイは乾いてゆく

いつまでも止まないのだろうか
止んだとしても必ずまた降ってくる
給油係の男は思い出す
ずいぶん前の雨の日を思う

ああこれじゃ今日の仕事もずぶ濡れだと
ダイナーでコーヒーとアップルパイを注文してから
それでも微笑んでみせた雨の日のことを

ウェイトレスはそんな彼を横目で眺め続けた
そのうち黒目がなくなって
涙が止まらなくなるまで
白い眼になってしまったウェイトレスには
もう誰もチップを残さない
ウェイトレスは毎朝鏡に向かい
暗闇の中を手探りで髪を整えてから
見えない自分に笑ってみせる

反転

もうすぐ見えたはずのもので
あふれているショーウィンドーが
放られたレンガで割れてしまった
あと少しで見えたはずの
ガラスの破片を浴びたものたち
たちまち姿を失い始めて
溶けて水になってしまったものもあれば
崩れて土になったものもあり
腐って黒くなってべとついて垂れ流れたものがあれば
よどんで震えて転げて落ちてしまったものもある

もうすぐ見えるという予感と希望があっただけで
ついに見えることなどなかったものたちが
もう本当に見えなくなってしまった

投げられたレンガと
ガラスの破片たちは困ってしまった
こんなことになるなんて
まだ顔も洗っていなかったし
だらしなく毛玉だらけの寝間着を着たままで
もうすぐ見ることができると
楽しみに待っていた人々に
無遠慮にじろじろと眺められている
もうすぐ見えるものなどもう何もない

カーテンとドアと幕と
一体どれが欲しいのかと聞かれた時
私はあくびをしてただ目を閉じただけだった
浮かんだ景色はさわがしい緑の夏で
私は救いようがないほど若かった

夜明けの番人

寒い国からやってきた漁師たちが
飲み物は瓶ビールしかないことに腹を立てて
すべてのテーブルと胃袋を
ひっくり返して暴れて帰ったあとだった

しかたがない　私は
モップとバケツを両手に下げて
ゆっくりと誰もいないホールに入り
ご挨拶がわりに　まずは
はでに転んでみせた
拍手と歓声はどこからも聞こえず　天井からは
紙吹雪と風船が舞い落ちてきたりはしなかった
私は目を大きく開き　目が見えないふりをして
愚かで大げさな手さぐりで

すぐそばに転がっているはずの
モップとバケツと夜明けを
求める

誰かが床の一方を持ち上げて
この部屋を傾けさせているみたいだ
低く傾いたほうに
私はただただ体を転がしてゆく

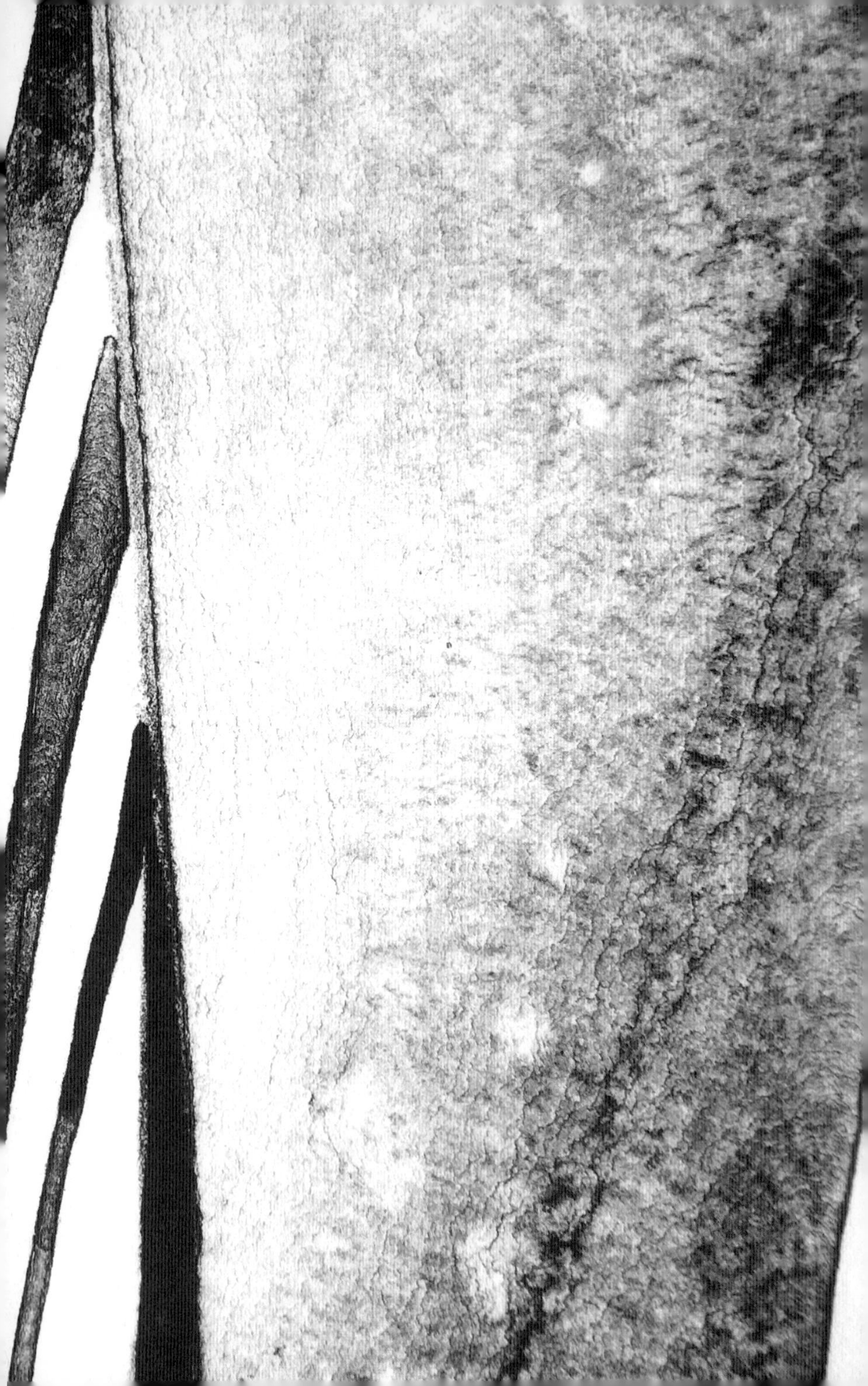

告白

嘘だ　そこでは何も壊れたりはしなかった
私は何の道具も使わず　何も隠さず　さえぎるふりさえしなかった
うずくまっていただけで　しゃがんで体を丸めて数を数えていただけで
そもそも誰も憎いとは思わなかったし　だます女もいなかった
私はただ眠るのが好きな静かな男で
家族も友人もいないことを嬉しく思いながら
日々床の拭き掃除を　ただただ命じられたままにやってきただけで
外の騒ぎなど気にもとめずに　その日もただ少しだけ蜂蜜を舐めて
べとついた指を新聞紙で拭いて
黒くなっちまった手を　壁にこすりつけてから
窓の外に唾を吐いた　そんな犬のことなんか知るもんか
間違った手紙が届いた時も　あのけちな管理人に
きちんと届けて　そうだ　その時だ
いつも湿っている廊下で転んだのは

本屋も質屋も店の前を通ったことさえない
そもそもどこにあるんです
いえ　そんな電話は受けていません　私は外国語など話せない
見てください　これが私の字です　右肩上がりで薄く書かれた字です
これは本物の入れ歯です　何年も前からこの白髪頭です
バケットなぞ食べたことはありません
ウィスキーなぞ飲んだことはありません
そのモップとバケツにも　長靴とロープにも
椅子とシーツにも　見覚えはありません
あなたのことなど知りません　あなたはいつもこちら側で
私はいつも向こう側だということしかわからない
だいぶ遅くなってしまった　もう帰らなければいけません
立ち止まれる場所など　どこにもなかった向こう側に

裏窓

裏窓からのぞく空き家の
がらんとした部屋にただ椅子があって
誰もいない部屋に誰も座っていない椅子だけがあって
そこを私は自分の居場所とした
少なくともこの雨が止むまでは

私は裏窓から私の居場所を確かめる
座布団もないささくれだった
木の椅子の座り心地を思う
もう誰もいなくなってひさしい部屋の
ほこり臭い冷たさを感じる

ということを続けてみよう
朝から晩までずっと

雨は止むものか
私は二度と動くものか
濡れた地面でもかまわないから
座り込むか寝転んでしまいたいが
そうすると裏窓をのぞくことができないから
私はふらつきながらも立ち続けた
風邪など引くものか
眠りなど訪れるものか

私のための裏窓
私のためだけの部屋と椅子
それを私はのぞき続けている
朝から晩までだ
また再び朝になるかと
体を震わせながらぼんやり考えたが
朝など来るものか

この夜を終わらせるものか
雨のせいで
絵の中の裏窓が
にじみはじめている

数える

数え始めた　少し遅かったかも知れない
それでもまだ朝だったし　風も冷たかったし
何よりも動物たちはまだ眠っていた
靴が濡れて　煙草も湿って　私は咳ばかりしていた

動物たちの姿は見えない
彼らがどういう動物なのか
体温があって　よつんばいで
草か　それともお互いどうしを
探し続け　食べ続けて
やっと眠りにつく

私も数に入って　行列に並び
そのまま私は　私のことを数えていった

名前も呼ばれずに　そして誰も呼ばずに
何も覚えずに　何もかも忘れずに
私が上手に数を数えている姿が
待合室のテレビに

笑っている私　手を振っている私
まだやせていた私を　覚えていない私
私は穴を掘り　そして体を丸め
せめて土をかけてくれと
最後の声を願いを口にした

私の声は今でも　遠い彼方で震えていて
それを聞いた　見知らぬ動物たちだけが
咳をして　こたえている

咳

もうすぐ咳をする時間。

縄ばしごの夢から醒めるためにロープを切り落とした、腹が減っていたが、それよりももう一度眠りたかった、トイレは遠く、開いてる窓からはすきま風が入り、屋根には修理が必要だ、そんな時にお前は咳をする、お前がここに隠れていることを誰かに伝えるために、もう少し経ったら、裏口に車をまわしておいてくれ、ヘッドライトを消して、エンジンをかけたままで待っていてくれ、誰かがボストンバッグを持って裏口から飛び出してきたら、それが俺だから。


もういちどだけ咳を。

いいじゃないか、もう分かってしまったことだろう、お前の正体と燃やされた議事録、ゆれる蛍光灯に照らされて光っているのだから、ああ埃はあいかわらずひどいよ、お待たせしすぎてもうこびりついている、だから、もう下げて下げて、そして新しいオムレツを、今度は違う鳥の卵を使って、北へ戻ることを知らない鳥の卵を使って、ケチャップって知ってるか？マヨネーズは？ああそう、なら塩と胡椒だけでいい、塩もないの、こんなに海に近いのに、じゃあ胡椒だけでも振りかけてくれよ、瓶をそんなに振り回してどうする、それじゃあ俺たちはくしゃみをするしかないじゃないか、咳をするかわりに。

もう誰もが咳を。

サイレンが鳴り響く、工場の終業時間、ベルトコンベアががたんと止まり、外にあふれだす人々が、かちりかちりとライターを鳴らし、缶コーヒーを開け、唾を吐き、笑い合う、誰もが咳をする時間、やっと好きなだけ咳をして肺の奥から粘ついた文句を吐き出せる時間、映画は終わり、照明がまた灯った、鈍いオレンジ色、さあどこへ、ゼンマイを巻いたら。

オレンジ

バケツ一杯のオレンジの皮
もう黒ずんで虫を呼び始めている
裏口のさびたゴミ箱の中に
バケツ一杯のオレンジの皮
中身はすべて今朝のジュースとなって
子供たちが争って飲み干した
「皮も欲しいな」なんていう子供は
誰ひとりいなかった

森の奥の陽のあたる場所から
黒い動物があらわれた
毛むくじゃらで熊にも似ているが
冬眠から目覚めたばかりの熊よりも
弱々しく頼りない風体の

黒い動物があらわれた
なにしろ体がほそながい
この黒い動物は木と木の間を
流れる水のようにくねりながら
このホテルまでやってきた
そして溶け始めたオレンジの皮の
甘い匂いにひかれるまま
裏口までたどりついた
黒い動物は礼儀正しく
何度か頭を下げてから
ゴミ箱に顔を埋めた
もてあましている宿泊客たちは
バルコニーから体を乗り出して
黒い動物の写真を撮る
(少し後で)
オレンジ色の花が

咲き乱れている
森の奥の陽のあたる場所で
靴を脱ぎ
花を押しつぶしながら横たわり
そのまま眠りについた
地面は冷たく心地よい

理由

つまりは遅れたのさ
傘など取りに帰ったのがいけなかった
冷たく濡れようが泥だらけになろうが
走りながら靴を履けばよかった
橋の上のバス停には誰もいなかった
最後のバスは出てしまった

つまりは間に合わなかったのさ
バスはもちろん明日もやってくるだろうが
そのバスに無事に明日乗ったとしても
同じ場所には行けないだろう
もちろん空腹だし
傘をさしていても靴は水びたしだ
すぐにでも雨季がやってくると

そう思っていたら降ってきたこの雨で
これがはたしてもう雨季なのかどうなのか
疑う間もなく　もう1ミリのすきまもなく

たとえこの町が晴れていても
川向こうの町や　海向こうの村では
やはり雨降りだったのだから
こちらが少し動いただけだった
少し動いてから立ち止まっただけだった
つまりは雨降りが　雨降りだけが
この橋の上にはふさわしく
他の天気のことは誰も
見向きもしないでいる
この橋はやけに長く
向こう側を見渡せない

つまりは遅れたのさ
また雨に追いつかれたのさ
生まれた日に降っていた雨が
今ごろになって
笑顔で祝福にやってきたのさ

染み

最初の数日は気がつかなかった
そういう色なんだと思っていた
そのうちに床が湿ってきた
自転車のタイヤがひび割れてきた
隣りの家の子供が咳を繰り返し
妻は辛い料理ばかり作るようになる
夏の帽子が見つからない
涼しいどころか寒い
右手の人差し指が痛むから
指を指すどの場所も同じように痛む
それにしても注文した荷物が
いつまでも届かない
連行されて尋問されても
もう何を注文したのかさえ思い出せない

三日後に解放されて部屋に戻って
しばらくして窓から猫が帰ってきて
餌をねだるのだが
棚も冷蔵庫も空っぽで
あげるものが何も無い
玄関には靴も無くなっている
ドアにはひどく乱暴なノックが続く
最初の数日は気がつかなかった
今になって思い返してもすべてが遅かった
色はもうすべて落ちてしまった
手が届かないほど深いところに

落葉

高い場所に行かなければすぐに良くなる
主治医にそう言われた老人は今日も
十二階の自分の部屋に階段を上って帰る
エレベータもない古い雑居ビルの最上階
六階の踊り場で老人の顔は
緑に変わり　やがて黄色になり　そして焦げ茶に

十二階のひとつ上はもう屋上だ
ストライプの海水パンツを履いた太った男が
汗だくで金網にしがみついている
もう数週間前からその場所で動かずにいる
太った男の青白い体はいつのまにか
緑に変わり　やがて黄色になり　いつか焦げ茶に

トンビが金網のまわりを
大きく円を描いて飛ぶ
金網にへばりついた太った男が
ようやくうまそうな甘い匂いを出し始めたので
騒ぎだしたトンビの羽毛がやがて
緑に変わり　やがて黄色になり　そして焦げ茶に

プラスチック製のクリスマスツリー
夏が来る前に海に捨てられる
もう子供たちはどこにもいない
そう告げている電報用紙は
手の中で　そして火の中で
緑、黄色、焦げ茶

月夜

円を描くこと
右脚を軸に　伸ばした左脚を地面につけて
ぐるりと自分を囲む円を描くこと
その円から外に出るためには
仕事を見つけなくてはいけない
仕事を見つけて金を貯め
鞄と丈夫な靴を買い
ハイウェイで親指を立てて待つ
そして三日後に無口なトラック運転手に乗せられて
円周近くのドライブインまでたどりつく
ドライブインでサンドイッチをようやく盗んで
ようやくひさしぶりの食事だ
最後の晩餐にしては薄っぺらいハムサンドイッチ
ビールを飲みたくて

もう一度ドライブインへともどり
ジャンパーの内ポケットに
冷えたロング缶を隠したところで
運悪くも捕まってしまう
警棒で顔を横殴りにされて
そのまま倒れたおかげで
右手と血だらけの頭が
どうにか円の外にはみ出た
色の悪い血が地面に流れたら
その焦げ茶の染みの形を
正確にスケッチすること
書き終えたらその紙を
テーブルの上に伏せて置いて
黙って部屋を出てゆくこと
そしてもう二度とここには
戻ってこないこと

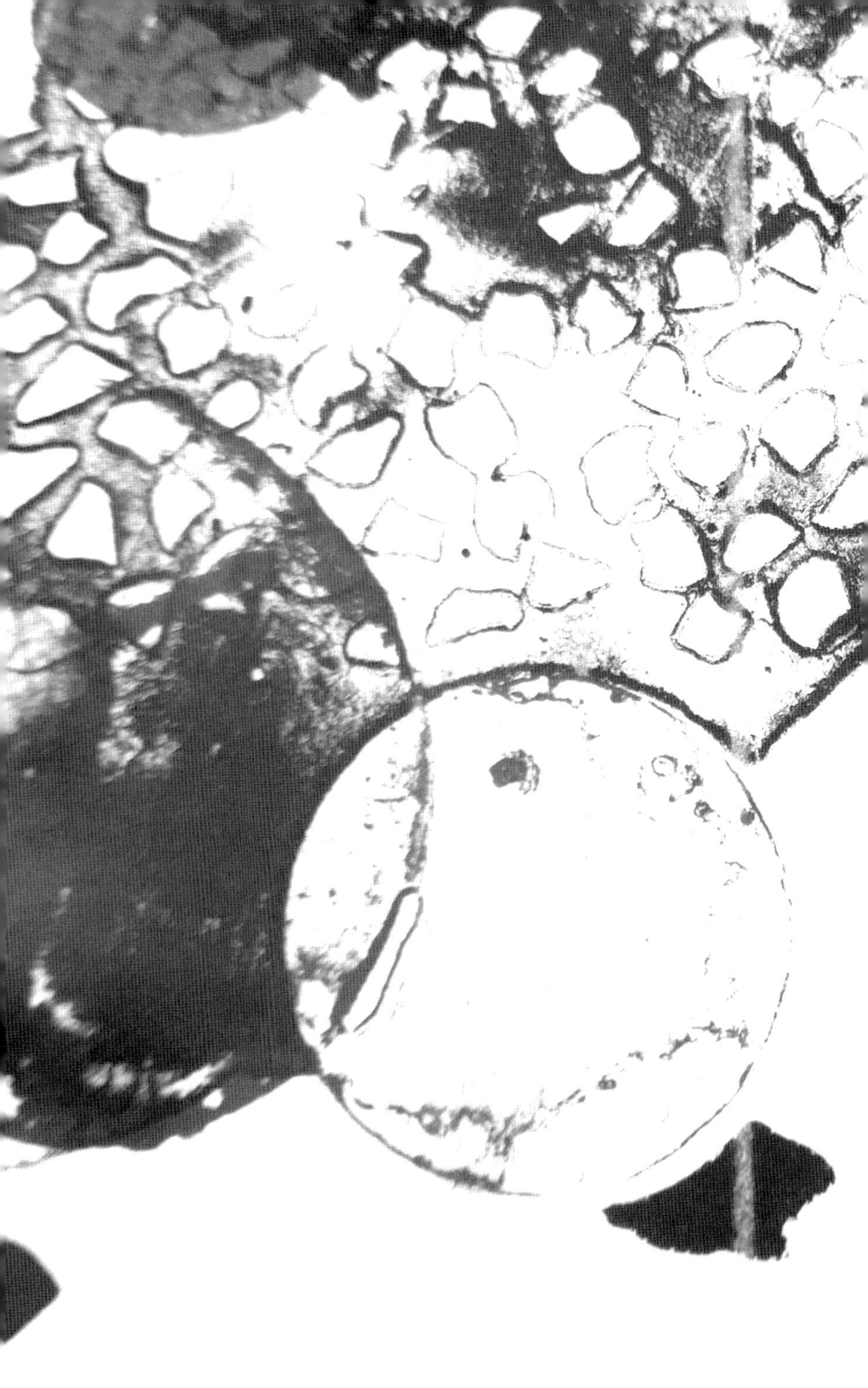

四方　その一

四方

あなたが見ているものを、他の誰も見ていない。

あなた以外の誰も、あなたが今見ているものを見ていない。

あなた以外のすべての人々が、今、目を閉じて眠っているからだ。

三日月や、引き潮や、時差や、日付変更線や、空腹や国境や蝋燭の短さ、月経などは、しばらく忘れていてほしい。


あなた以外のすべての人々が、今、眠っている。

警官でさえも。夜番の兵士でさえも。タクシー運転手も。灯台守も。マストの上の見張り番も。天体観測士も。嵐はとうぶんやってこない季節だから、誰もが安心してぐっすりと眠っている。

夏は終わった。冬はまだやってこない。だから、あなたは砂浜に立っている。そして灯台を眺めている。たったひとりで。あなたの兄弟はもちろん眠っている。あなたの両親はずっと眠っている。あなたの恋人はきっと眠っている。そんな夜に、初めての冷たい風が吹いた夜に、明日には渡り鳥が北の土地からこの町に降り立つ夜に、あなたは眺めている。一定の周期で、あなたと、あなたの立つ砂浜と、遠くの海面を照らすオレンジの光を。

あなたは果物のオレンジを思う。最後に食べたオレンジを思う。あなたは思っただけで、それを思いだすことはできない。オレンジは確かに存在して、あなたはそれを今までの人生でいくつも平らげた。しかし、あなたはそれを思いだせない。そのオレンジの甘味と酸味と、あなたの爪が穴を開けたはずの、その果実の皮の堅さを。柔らかさを。親指に染み込んだその色を。半日は残っていたその良い香りを。

今、あなたは砂浜に立っている。そこにはもちろんオレンジの木はない。あなたが手を伸ばしても、手の届く高さにはただの暗闇しかない。灯台の灯りが再びぐるりとめぐってくるまでは。あなたが欲しいものは、どこにもない。あなたが行きたい場所は、どこにも見つからない。

東へ

手の届く高さにある最後の壁紙、白いぱりぱりとしたちいさな一片、親指の先ほどのそれが私の最後の食事だった。今日からはいよいよ食べるものもない。床には私の白く乾いた皮膚、壁紙によく似たそのかけらがはがれ落ちて散らばっている。それを食べてまた同じような皮膚を生み出してもしかたのないこと。

朝から何も食べていないからといって、それをあわれんでもらうつもりはない。朝から何も食べていないということがどんなに当たり前のことか。

私は思い出す。国境の検問前で毎朝見かけた老人について。まだ火のつけていない長いままの煙草を指にはさんでいながら、向こう側の国に出稼ぎにゆく人々に朝食をねだるのだ。毎朝の同じ物語。何度か彼に小銭を与えたことのある私のことなど、もちろん覚えていない老人は、まったく同じ物語を繰り返す。妻が昨日の夜に入院した。今から国向こうに住む娘のところにいく。そして最後の言葉、「朝から何も食べていない」。足早に通りすぎる人々に向ける、何とも白々しい言葉。私にはそんな言葉は上手に使えない。さっき食べた壁紙がまだ奥歯にはさまっているから。

西へ

俺は朝から何も食べていない。何も食べていないどころか、何も食べたくはない。胃袋と口の中で昨日のろくでもない夜が発酵しているから。腐らないように、腐ったままでいられるように、誰かが計らってくれたのだ。その誰かに俺は毒づく。毒づいてもう一度目を閉じる。止まることなく、背中から落ち続ける。遠ざかってゆく青空。背中に近づいているはずの地面。通りすぎたビルの窓、その数えたはずの枚数は次に目を開けた時にはもう忘れている。

君は覚えているのか。それが何度目の夜だったのか。覚えているか。それが何本目の煙草だったのか。蝿は何匹いた？ その蝿を追う小さな燕は何羽いた？ 燕が飛んでいたということを考えて、それはいったい何月のことだったのか？　それともその黒くて素早い鳥は燕などではなかったのか？

　俺がうかうかしているあいだに遠ざかっていってしまった、あの黒い鳥。止まることなく落ちてゆく俺は声を上げる。声を上げないように舌を噛む。嫌な味の傷跡が数日は残ってしまうほどの強い噛みかたで、俺は再び深い眠りから遠ざかった。

南へ

　手を振る、僕は、遠ざかってゆくものに。僕のことを「ねえ、僕」と呼んでくれたあの女の人に向かって僕は手を降る。この線を引いてくれた、電車に乗る稽古をするために廊下に白墨で線を引いてくれた、たぶん母親であるその女の人に手を振る。

　遠ざかってゆくもの、それはたとえば駅から眺めている出発したばかりのオレンジ色の列車、一番後ろの窓から手を振ってくれているあの女の人に僕は手を振る。手を振られる。手を振り返す。あの女の人はいつも親切だった。

　悪いのは僕だ。悪いのは僕みたいな男たちだ。他の誰も悪くはない。僕から遠ざかってゆくものたちが悪かったことなど今まで一度もなかった。

東へ

窓がない白い部屋。かつてはあったのだが、とっくの昔に食べてしまった。カーテンは思ったよりも塩辛かった。塩辛いカーテンと聞いて、早合点しないでほしい。違う、ここは海には近くない。日に焼けたカーテンの塩辛さを実はほとんどの人が知らない。

ガラスは何の味もしなかった。こびりついた茶色い埃の筋に期待した私が愚かだった。歯ごたえは悪くなかった。だけど、窓は私の中にあっというまに消えていった。だからもうずいぶん雨水も飲んでいないし、天気もわからなくなってしまった。窓があった場所に穴が開くわけではなく、そこはただの白い壁に戻ったという、無情な現実。この部屋の仕掛けにはずいぶんがっかりさせられた。

やけになった私は机も椅子も、そして最後まで残しておいたドアまで食べてしまい、そしてついに壁紙を剥がすことを思いついた。ちょうど目の高さの場所がひび割れていたのだ。白い壁紙をぱりっと剥がしてから私は迷わずその薄い一片を口に運んだ。

貝殻のような味がした。シャツの襟に入っているプラスチックの小さな板のような味がした。冷蔵庫に貼られたロボットのシールのような味がした。そのロボットのシールを貼った子供が下手糞に剥いた卵の殻のような味がした。悪くない味だった。いや、実は何も思いつかなかった。貝殻や襟のプラスチックやロボットのシールなんてもちろん私は食べたことがなかった。卵の殻の味ならよく知っていた。

西へ

地面に落ちる前に舌を噛み、それが昨日と同じ、まだひりひりと痛んでいる場所だった時、俺はなぜ地面に衝突してしまわなかったのかを悔やむ。壁の上から卵が落ちる。落とされる。この有名な実験の目的を忘れてしまった。もしかしたらそれは、卵ではなくて真空の瓶の中を落下する羽毛の実験だったかもしれない。

俺はもう遅れている。ベルが鳴る。過ぎ去ってしまった五分、その後の永遠を知らせるベルが、今頃鳴っている。俺は右手を伸ばす。そして左手を伸ばす。

南へ

伸ばした、僕は、手をつないでもらうために、両手を。右手を父親に、左手を母親に握ってもらうためだ。左手はいつも同じ湿り気と温かさだったが、右手を握る人はとうとう最後までいなかった。

僕は長い長い横断歩道を、母親と一緒に渡った。通り過ぎる人々は右手を挙げ続けている僕を見て微笑んだ。その微笑みがたらたらと地面に落ちては消えていった。母親は気持ち悪そうにその黒い染みのような微笑みをよけて歩いた。だから僕の左手もゆらゆらと引っ張られていた。

人はすぐに僕から目をそらす。かわいそうに、あの両手をあげてひとりぼっちで歩いている子供を見てごらんよ、と言いながら、目をそらす。危なっかしい綱渡りから目をそらす。ビルとビルの間に貼られた一本のワイヤー。だんだんと雨を吸い込んで色濃くなってゆく僕のオレンジ色だったシャツ。

四方　その二

東へ

私自身のはがれては落ちる乾いた皮膚。それを、とうとう私は食べ始めた。壁は食べないのか、ドアノブを齧りとることのできた丈夫な歯があるのならコンクリートの壁など簡単に食べられるじゃないか、もしあなたがそのような質問をするのであれば、あなたは私のいる状況を理解していないことになる。

まず、壁は壁なのだ。その材質が何であれ、壁とは私の四方を囲んでいるものであり、そして私がこの壁の中にいることが世界を成り立たせている。私と壁は同時に存在している、まるで卵の中身と外側のように。卵が割られたり、孵化したりすればそれはもう卵ではなく、料理であり、雛であるわけだ。

私は卵ではないからこそ、卵であることにこだわりたいと思っている。卵ではない証拠に、私は卵の殻の味を知っている。私はそんな質問をしたあなたの顔に向けて白い唾を吐くだろう。

西へ

ノックをするのはいったい誰だろうか。俺だ。俺はもうそんな仕事はこりごりだ。だが、ごろごろ坂道を転がりながら、もうこりごりなんです、と言うわけにもいかない。何しろ俺はオートバイに乗っているのだから。これから乗るのだから。しかし、こんな状態でオートバイに乗らなくてはいけないなんて、オートバイに乗るために、自転車に乗って駅まで行って、そこから電車に乗らなくてはいけないなんて、ひどい話だ。

あと5分、という永遠。永遠でなくてもかまわないのに、あと3時間もあれば、ずいぶん調子が戻るはずなのに、たった5分という永遠しか俺には手に入らずにいる。その永遠という時間を使ってビールを飲めば少しは楽になるかもしれない。

だが、これから自転車に乗って電車に乗りオートバイに乗る仕事に出かけるのにビールを飲む気にはならない。

ありがとう、お気持ちだけ。それが誰の気持ちかはわからずにいる。わからずにいることだけが救いであり、他のすべてが気に入らずにいる。

南へ

乗れずにいる、僕は、自転車に、バスに、タクシーに、電車に、船に、飛行機に乗れずにいる。

すぐに気持ちが悪くなってしまうからだ。

僕の父親も母親も同じだった。まだ出会ったことのなかった二人は、それぞれの場所で、あらゆる乗り物酔いを避けるために、歩いて旅に出ることを心に決めた。父親は南を目指し、母親は北を目指した。そして二人は国境で出会い、そこで結婚した。婚約指輪のかわりに国籍を交換した。父親は北を目指し、それ以来、彼の行方は分からない。

母親はもちろん南を目指した。僕を身ごもったことが分かってからは乗り物酔いのことなどおかまいなしに好きな乗り物に乗り、好きなだけ吐いた。どうせ吐くのだから、同じことだった。

僕はまだ乗り物に乗れずに、駅で旅立つ人を眺めているばかりだ。もう少ししたら、僕も父親や母親と同じように歩いて旅に出るつもりだ。

東へ

私は外を歩いて、匂いをかいでみたい。向こう側から落ちてくるものを見てみたい。窓を開けてベランダに出てああ今日は出かけたくない天気だとつぶやいてみたい。出かけたくないのなら出かけなくてもよいという選択をしたい。

私は選ぶことができない。選ぶことができないからただ座っている。食べるものもない。食べるものもないはずなのに、どこからか香ばしい匂いがしてくる。

「こんにちは、ピザ・パーティーです」

それはいったい何のパーティーですか。私のところにあなたがやってきて、ようやくこの部屋にまつわる登場人物が2人となったところで、そのパーティーにもう名前がついているようですが、え、何ておっしゃいました、なんという名前なんですか、しかし私はこれだけのことを考えた末に、ゆっくりと答えてみることにした。

「はい、何ですか」

子供の爪のような小さな声、ああ思ったよりも私の声は実に小さくかすれてしまっている。

「はい、何ですか」

「あの、ピザ・パーティーです。ご注文のピザをお届けに参りました。ずいぶん遅くなってしまって申し訳ありませんでした。この天気で道が混んでいて」

私は一度に押し寄せてきた音、言葉に体が震えた。もうごまかしようがない。壁の向こうに男がいて、この場所、部屋に訪ねてきている。私は壁の向こうからことわりもなく染み込んできた無作法な声の言葉ひとつひとつを味わった。

ピザ。

それは食べ物。手でつかんで食べる、なまけものの食べ物。

パーティー。

それは2人以上の人間が集まり一緒に同じ時間を過ごすこと。2人以上ということは、あこがれの3人でももちろんかまわないはずだ。

注文。

向こう側にいる、いつも私の向こう側、カウンターや壁やドアや河や海の向こう側にいる、あの無愛想な男に何かを依頼してから金を支払うこと。

品物。

注文したあとで、必ず少しだけ遅れてから受け取ることのできる、支払った金よりも低い価値の物。

届ける。

それは届いた。私のいるこの部屋まで、ずいぶん遅くなって。ということはそこにはあらかじめ約束された時間というものがあって、この男はその約束の時間に間に合わなかったことの言い訳をしている。

天気。

そう、私が知りたくてしかたがなかったこと、それは外の天気だ。道のことなどどうでもいい。道のことなど。道という、まだ私が思い出せないことなど、今はどうでもいい、私が知りたいのは天気、外の天気のこと。そして雨、雨？
雨の降った後の、
雨の降った後の？
すぐに止んでしまった夏の雨の後の、
そう、道。
思い出した、道の匂い、道の匂いについて、坂道の、長い坂道の匂いについて。

西へ

俺の失敗だ。

自転車に乗って電車に乗るまではうまくいっていたんです、すべては坂道と雨と頭痛のせいなんです、とは警官には言えなかった。最後に飲んだビールのせいだと思います、とも言えなかった。

俺は名前を言った。三度も同じ名前を。その名前はもう使われているようですから、別の名前を選んでもらえませんか、とたぶん俺より年下の警官が言った。そして雨で濡れた唇と鼻の下の無精髭を同時に舐めた。長い舌だった。そして長い話だった。

その話が終わると、もう朝になっていて、俺は最後に黒く塗った指を順番に紙に押し付けなくてはならなかった。指を洗う暇もなく、手紙を書けと言われた。八十円切手を一枚だけ支給された。それを舐めろ、とは警官は言った。そう言いながら、また舌を出して汗で濡れていた唇と鼻の下の無精髭を同時に舐めた。長い舌だった。濡れた道路に散らばる手紙を次々に味わうことができるような、長い舌だった。

南へ

ドアを、僕は叩いた、ビルの、部屋の。

今まで何度も閉じて鍵を閉めては開けることを繰り返した、やけに重いスチール製のドアを、今は僕ではない他の誰かによって鍵を閉められているドアを叩いた。もう長い旅で疲れていた。どこかの部屋をノックする時は必ず長い旅で疲れているふりをしてからノックしなさいと、僕を生んでからはもう二度と乗り物には乗らなくなった母親が言った。僕はドアをノックした。そして言うべき言葉を考えた。

僕はどうしても部屋の中に入りたかった。そしてずっとそのあたたかい部屋の中で過ごしたいと考えていた。今もまだそう考えているかどうか、それは僕に直接、ただし小さな声でそっと、聞いてほしい。

北へ、そして四方へ

ずっと四方の壁に囲まれている
それは、今、その部屋の中にいるから
だが、部屋の中に、今、いるからこそ
その部屋を好きな時に出て行くことができる
さあ早く、今すぐに
四方、四面、四枚の壁が取り囲む場所
今ならもうどこにでもいける

時間

再び血が　床に満ち　なんだか壁が　臭う朝
やあ小鳥　おお小蠅　特にない　思うことは
忘れて眠り　濡れて　溶けて
届けたのに　消えて　思う前に落ちる
あの島に　今すぐに　商売に
出かけなければ　もう時間がない

スープの匂い　得体の知れない　赤茶の煮くずれた豆
風はぬるく　空は黒く　唄と　家族と　時間と
一体どれを　思い出す　ポケットを　探れば
くしゃくしゃの　ティッシュと
折れた爪楊枝と　何かの番号のメモ
番号など　数字など　もうないのに
スープを作り　待っていた

女が　夜中に　ひとりで　すすった
その残りを　朝に　温めている　男が
また　ドアを開け　出てゆく　時間
商売の　時間
豆を売りに　出かける　時間

助けない

夕飯のスパゲッティがよくなかった。タバスコと黒胡椒をたっぷり振って食べたから喉が渇いてしかたがない。このままでは眠れないので、台所まで歩く。暗闇を歩く足に猫がまとわりついて、転びそうになる。猫は小さく唸り、どこかに消えてゆき、僕はシンクにぶつかる。僕に押されたシンクはふわっと動いて揺れて、水音がはねる。ああ、またここにやってきてしまった。喉の乾きで夜中に目覚めた時に必ず訪れてしまう港だ。こんな寒い夜には上着が必要だと体を丸めると、もうしっかりと厚手のコートに包まれている。おまけに足元は編み上げのブーツだ。いくら履いても足に馴染まずに、あきらめて靴箱の中に転がしておいたブーツが、今夜は足によく合っている。これはいくら歩いてもよいというしらせであり、そして今夜はいくらでも歩かされるというしるしでもある。また水音がして、暗い水面から誰かが顔を出している。いつもこの海で出会う黒い毛皮の人魚だ。

「またきたわね、こんばんは」気さくな人魚は丸い顔の真ん中から綺麗な尖った歯をのぞかせて笑う。

「おかしいね、この頃はちっとも酔っぱらっていないじゃない、どうしたの、具合でも悪いの」

「いや、前よりずっと元気だよ、ただ、飲まなくなっただけだ」

「へえ、まあ、でもいいことじゃない、もう一生分飲んだんじゃないの、この海を飲み干せるぐらい」

「あまりおかしなことは言わないでくれ、お前が何か言うと、すべて本当になってしまう、ほら、お前のせいで僕は今海の中にいるじゃないか、こんな波の荒い夜に流されてゆくじゃないか」

「じゃあ、ほら、飲んでごらんよ、潮水を、喉が渇いているんでしょ、ごくごく飲んでみれば」

「ああ、そんなことを言うから、僕の口が開いてそこから潮水がどんどん入ってくる、僕はそれを飲み続けなくちゃいけない、喉を動かすのをやめたらたちまち溺れてしまう」

「いいじゃない、こんな時ぐらいちょっとはがんばりなさいよ、お腹が一杯になったらじゃんじゃんおしっこすれば大丈夫よ、ほら恥ずかしがらないで、しーしー、とか言ってあげようか」

「やめてくれ、いい年して小便をもらしたくない、今僕は海で溺れながら同時にベッドの上でうなされているに決まっているんだから、どうにか助けてくれ」

「いやよ、助けられない、あなたが誰のことも助けられないように、あたしも誰のことも助けられない、助けたくないし、助かりたくもない、そうあたしはね、あの時助かりたくなかったんだよ、それをあなたが少しだけ助けようとした、助けられるわけもないのにね」

「助けてくれ、もう二度とお前のことを助けないから、誰のことも助けようとしないから、頼むから僕のことを助けてくれ」

重くなったコートが体にまとわりつき、ブーツは僕を海底へと引っ張ってゆく。沈んでゆく僕のまわりを人魚がくるくると回って泳ぐ。愉快な眺めだ。こんなにおもしろいものを今まで見たことがない。僕は喉の乾きも忘れ、人魚の旋回に魅入ってしまった。もう僕は誰の助けもいらない。

開けドア

開けとドアに怒声で命じる男
ドアは素直にぎいと開く
男は開くのはあたりまえのことで
むしろ遅すぎたという風に
憤然と中に入ってきた
そしてドアは男の後ろで
またぎいと閉まる

部屋の中にいた私はマッチ箱を振る
俺はまだずいぶん残っているはずだから
そんなふうにあんまり振るんじゃないと
男は小さな箱の中で怒鳴りちらす

私は部屋を横切り
何か飲み物はなかったかと
冷蔵庫を開ける
そうやって開けるたびに
俺はぬるまってしまうんだと
卵ケースに横たわっている男は
あいかわらず機嫌が悪い

私は缶ビールをつかんで
窓際に歩いていってからそいつを飲む
もう出かける時間だ
おい、このドアを開けろ、何やってるんだ、と
ドアを激しく叩く音が聞こえる
この部屋の持ち主だ

私は机の引出しを開けて

そこにどうにか潜り込み
鼻をつまみ体をゆすってから目を閉じる
何かを開くためではなくて
閉めるためのまじないが知りたい
あまり知られていない噂話を聞きたい

木を待っている森

木を待っている森
その奥に住んでいるのがさっきの鳥
さっき見かけた鳥
ようやく教えることができる
せめて靴が濡れる前に教えたかった
それでも冬になる前でよかった
森の場所はご存知だろう
あの歩道橋の向こうの駐車場を
砂利を鳴らしながらぐるぐると
歩き続ければよい
車を待っている駐車場は
木を待っている森の兄弟だから
そうやって歩いているうちに
木を待っている森のほうから

近づいてくるはずだ
木を待っている森が
やってくるのが見えてきたら
その枯野を歩き進み
腹が空いてきたころには
地面の上に見つけるだろう
三日前の固くなったパンを
それをついばんでいるのが
さっきの鳥
この公園ではたまに見かける
起きる時間がもう少し遅くて
こんな雨の日の散歩をあきらめたなら
さっきの鳥には出会えなかった
ようやく教えることができた
見知らぬあなたを待っていた私
今日でやっと店じまいができる

このベンチは今日から
あなただけが座る場所
教えておこう
さっきの鳥は
渡り鳥
冬はとても冷えるこの場所に
集う鳥

椅子の上で

あんなに遠くに連れていかれてしまったから
もうしばらくは戻れないだろう
戻ってきたとしてもその時まで
俺たちがここにいるかどうか
順番に名前を呼ばれている
聞き覚えのない名前ばかり
この部屋の寒さに耐えられずに
つい我慢できずに返事をしてしまえば
たちまちこの場所から連れ出される

小さな窓に取りすがる俺たちが
じっと見ているあの河
名前を偽った男が　罰として
あの河の向こう岸まで泳がされる

また誰かの名前を呼ぶ声が
拡声器から流れてくる
26番、スンビロー
27番、ビロンカーデ
28番、デマサヌキリ
29番、キリサノドレ
30番、ドレムダロンク
31番、箱の中で
32番、椅子の上で

たちまちいくつもの手があがり
俺たちは叫び出す
俺だ、俺が「椅子の上で」だ
それが俺の名前だ
震えてかすれる声を絞り出し
椅子の上で　椅子の上で

どうか俺たちを早く
椅子の上で

遠くから
たとえばあの向こう岸から眺めれば
この建物はまるで
小さな冷たい箱のよう

夜間配達

夜間配達のライトバン
荷台に積まれた小包の数は
まだちっとも減らずにいる
電池の切れた懐中電灯を暗闇で
落として無くしてしまったら
もうどうせならライトバンも
このままこのせまい私道に停めたまま
歩いて公園まで行ってしまおう
そしてベンチに座って
夜を明かそう

深夜の公園のベンチは
そう簡単には座れない
しばらくは見つかりたくないのに

見つけてほしい配達人が
おおぜいいるからだ
誰もが一晩中　座っていられる場所を探している

そんなわけで　小包は
春になっても荷台に積まれたままだった
それでも　つぶれてもいなければ　色あせてもいない
埃をかぶったり　濡れたりもしていない
新しいままの小包　それに赤いきれいなリボン

もう電話をしないほうがいい
もうすべて忘れたほうがいい
小包のひとつやふたつ
どうだっていいじゃないか
どうせいつもの誕生日だ
もう何回目かも分かりはしない

記念日の前日だから
退屈な木曜日あたり
三年前を右に曲がったあたり

渡り鳥

渡り鳥は群れだって月に向かい
南も北ももう過去の話だと嘆いている
もう今年が最後だとばかりに
すべてのパンを広場に撒いて
靴のことなど忘れてしまったら
とたんに傷の痛みも無くなった
さあ明日はずいぶん早起きだから
眠ろうとベッドがあった場所に手さぐりで
眠ろうとベッドがあった場所に手さぐりで

このままでいたら凍え死ぬ
その前にきっと夏がやってくる
先月から見えなくなった友が
今日はぼんやり背中だけ光らせている

飛行機に石を投げる子供たち
スカートを燃やされた女たち
血が出るほどボタンを押し続けた男たち
誰もがもう声もでないほど疲れてしまった
早く帰ってスープが飲みたい
早く帰ってスープが飲みたい

時間にすればほんの3時間ほど
それしかもう眠る時間はない
記念日が刻まれてゆく
ずいぶん小さな手形と一緒に
その日に死ぬはずの男は
お気に入りのシャツに着替え
やけに元気に食事を続けている
少し冷めているごちそうだ
少し冷めているごちそうだ

渡り鳥は群れだって海に向かい
最後に泳いだのはいつだったか
思い出しているような
その翼の動きで北へ飛ぶ
その翼の動きで北へ飛ぶ

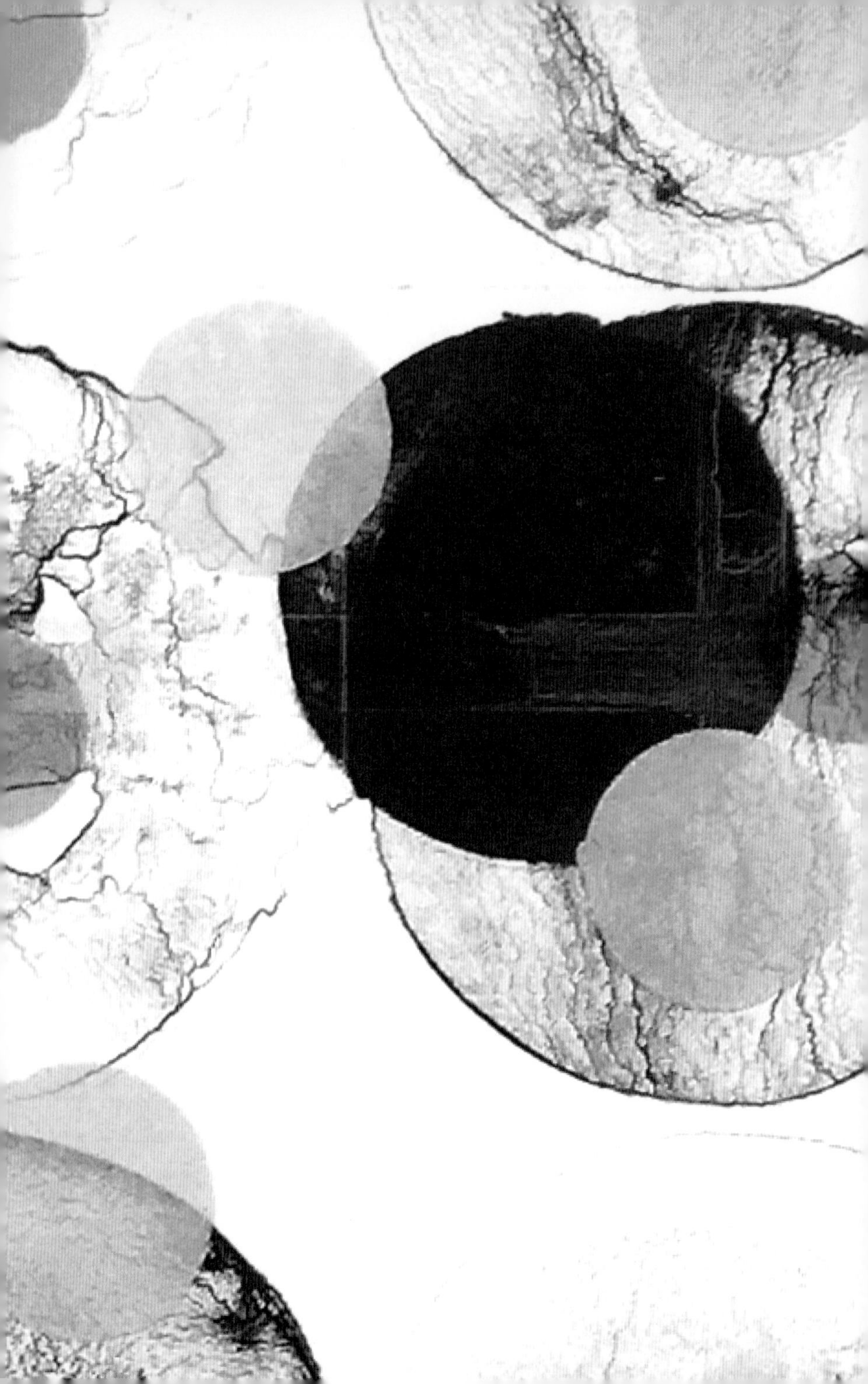

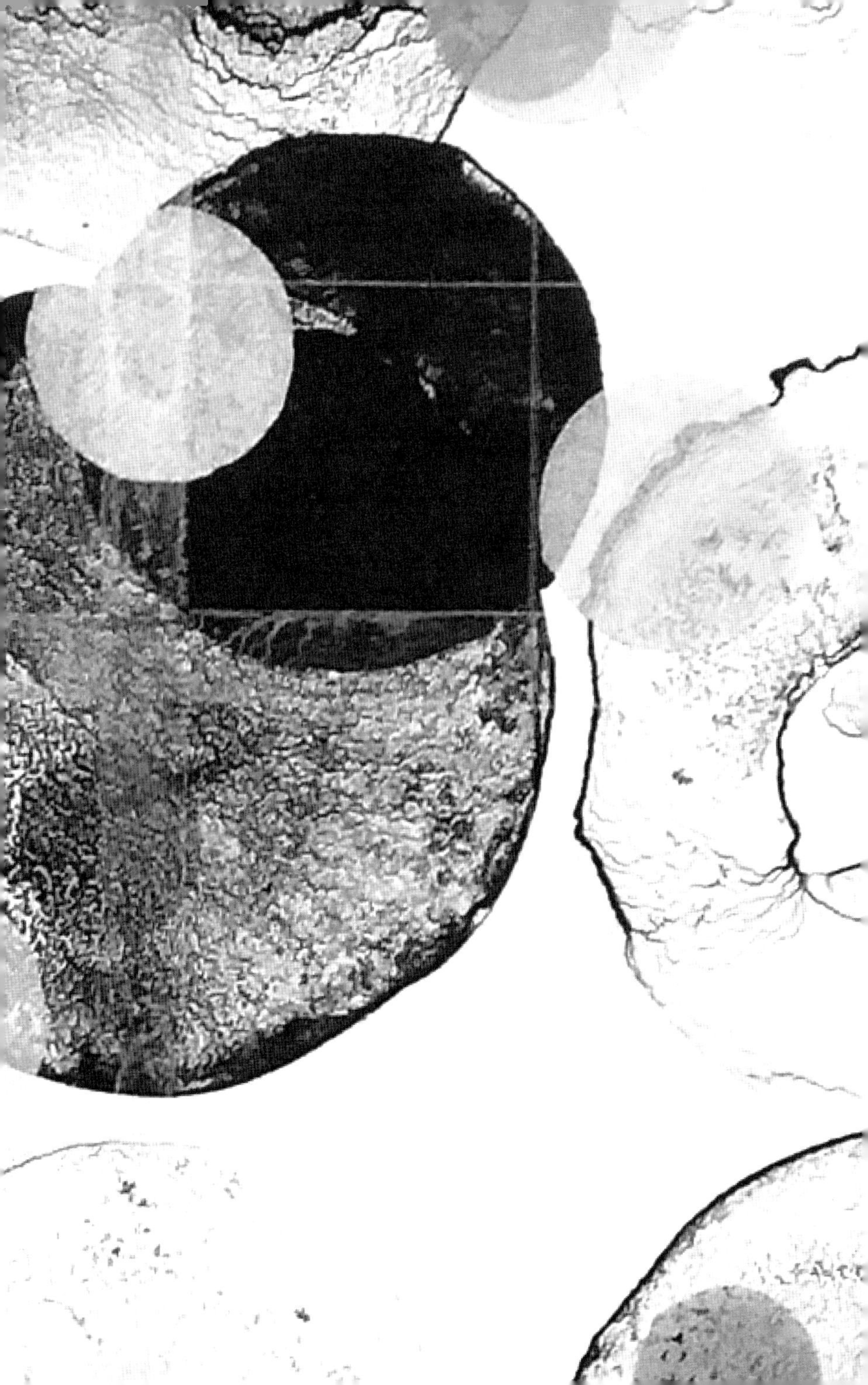

その町

その町はずいぶん遠いですよ、ここからだと歩いていくのは無理だと思います、もう昼過ぎですから、着くのは夜になるでしょう、この道をただまっすぐ進んでゆけばいいだけなのですが、ちょっと山を越える感じなんですよね、いや路線バスはこの町が最終地点です、そうですね、タクシーを呼ぶのも時間がかかりますよね、どうですか、私はこれから山を越えた向こうに用事があって車を出すのですが、ご一緒しませんか、車なら一時間もかかりませんよ。

その町はずいぶん遠いですよ、ここからだと飛んでいくのは無理だと思います、もう夜も近いですから、また風が吹き出すでしょう、三日月のほうにただまっすぐ飛んでゆけばいいだけなのですが、ちょっと山を越える感じなんですよね、いやムササビも夜鷹もこのへんにはいません、そうですね、あなたの大きさならあっというまに食べられてしまいますよね、どうですか、私はこれから春が来るまでこの穴にもぐって眠って過ごすつもりですが、ご一緒しませんか、眠ってしまえば一晩もかかりませんよ。

その町はずいぶん遠いですよ、ここからだともう一度始めるのは大変だと思います、もう半分過ぎですから、終わるのはまた別の町になってしまうでしょう、ただどこまでもまっすぐ行けばよかったのです、山も谷も河も黙って越えてゆけばよかったのです、いやもう今さらどうにもならないでしょう、そうですね、あなたと同じようなお仲間もいないことはないですが、というよりも実はこの町はそんな人たちばかりなのですが、どうですか、もうここで一緒に住みませんか、慣れればあっという間ですよ、一年もかかりませんよ。

その町はずいぶん遠いですよ、ここからだとずいぶん、なので、ちょっとこちらの方にぐるっと回ってきてください、そうそうちょうど裏側ですよね、ここが、それでちょっとここをめくってみてから見下ろす感じで、で、そのまま階段を下りていって、目をつぶったままでほらこのドアを開けてみると、どうですか、分かりませんか、思い出しませんか、ああ初めてなんでしたね、実はここがもうあの遠い町なのですよ、あなたがずっと行きたがっていた町です、ついつい私も一緒に来てしまいました、いやあ簡単だったでしょ、思いがけず近いですよね、でも、遠かった、とても遠かったと思っていたほうがいいですよ、もうこれ以上歩けないぐらい疲れ切ってしまったと他の人には言っておくほうがいいですよ、そしてもうこんなつらい旅には二度と出ないと宣言したほうがあなたのためですよ、さもないとあなたはまた、もっともっと遠い町を目指さなくてはいけなくなりますよ、その時にはもう私はいません、だから長い長い旅になりますよ。

泥水

コーヒーを淹れたのは君だ
生まれた時からずっと猫舌なのに
君は今ごろあわてている
舌をこがしてしまう
もう水の配給は終わった時間
次の雨はまだ先　喉が渇いてしかたがない

コーヒーはいつまでも熱いままだ
君の恋人は太り始めた
喋る時に唾を飛ばすようになった
汚れた髪を気にしなくなり
雨の日の犬と同じ臭いがする
ひとりで壁に向かって爪を噛み
にやつきながら話すようになった

誰かがカップをドアの外で
粉々に割ってしまった
君は君の太り始めた恋人の
機嫌ばかり気にしている
犬が「泣きたい」といって鳴く
君は「泣きたいのはこっちだ」と
汚れた袖口で鼻水をふく

運がよければ

盗まれたモハメドの長靴が　砂浜に埋まっている
噂は風に流されて　北の海にたどりつく
波は今日も高くて
カモメはいつまでも眠れない

遠ざかるあの船に手をふったら　足をひきずり町に帰ろう
食事の支度をしたいけれど　蝋燭が短すぎる
暗闇の中　ひとり思い出すのは
いなくなったあの犬

町で一番の金持ちが　口を開けて笑っている
年取った蜜蜂の夫婦は　今夜も喧嘩ばかり
オルガンを弾かされるチンパンジー
フリルのドレスが揺れてる

悪い仲間たちはとっくに夜汽車で逃げていった
ピストルの音が鳴り響き　子供たちが走り出した
破れた手紙が届く頃には
ガラス窓も揺れてる

でも泣かないで　また会えるからね　運がよければね

船の歌

やけにゆっくりとした手拍子で始まって
低く伸ばした声で土をならしてから
おもむろに　どうだかどうだかどうだった　と足踏み
まわりを囲んだ若い衆は今にも声を重ねたくて
いらいらとしているけれど　出番はまだ先だ
それぞれが飼っている　鶏の尻の羽根を
少しだけむしって　声を出させるのが最初の役目
鶏はたいていうなったり　若い衆をつついたり
それでも何羽かはいい調子で　けっけっけっけっけと
笑い声のような声を出すもの
子供らはここいらで　それがそんれがそそんれそれが、と
おのおのが好きなように歌ってはそこらを駆け回って
踊っていいことになっている
しばらくたったら　声のいいあんたの出番

いっとうつらいことを思い出して
そしてそれに片をつけて　きちんと終わらせて
はあ海からの風が気持ちいいもんだ　という具合で
こんな風に歌ってほしいんだ

もう帰らないし　見つからない
頼みの綱はちょんぎれた
船に乗ったら闇の中　すぐにしずんで夜の中
迎えにきたらばさようなら　兄弟たちによろしくな

もうすぐ船が迎えにくる　本土に帰る時間になる
それまではこの歌をずっと　歌い続けてほしいんだが

森の中の箱

ぬすまれた　つぶされた　もやされた
噂話を風が運び　国境を越えて扉の裏まで
あの行方不明の箱が　いったいどこに消えた

緑のペンキで塗られた箱は
子供たちにはやされて
リボンに愛想をつかされて
嘘をつかれて
だまされて
おどかされた
踊らされた
おがくずとコルクで　窒息した
ところが森の中の箱は　実に幸せだった
誰にも見つからない　秘密の場所で

星をながめ　鳥の歌を聞いた
そこでは
箱の自由と
森の自由が

箱の中の森

2019年9月30日　初版第1刷発行

著者　長谷部裕嗣
カバー・挿画　長谷川友紀
発行者　大西量明
発行所　grambooks
〒103-0025　東京都中央区日本橋茅場町1-1-6　小浦第一ビル1F
Tel/Fax　03-3666-4435　http://www.grambooks.jp/
印刷所　欧文印刷株式会社

ISBN978-4-903341-24-8